Clementina

Clementina

Sara Pennypacker

Traducción de María Natalia Paillié Plazas
Ilustraciones de Marla Frazee

GRUPO
EDITORIAL
norma

http://www.librerianorma.com
Bogotá, Barcelona, Buenos Aires, Caracas,
Guatemala, Lima, México, Miami, Panamá,
Quito, San José, San Juan, San Salvador,
Santiago de Chile, Santo Domingo.

Pennypacker, Sara
 Clementina / Sara Pennypacker ; traducción María Natalia Paillié ; ilustrador
Marla Frazee. -- Editor Ana María González Sanz. -- Bogotá : Grupo Editorial
Norma, 2009.
 150 p. : il. ; 20 cm.-- (Colección·torre de papel. Torre roja)
 ISBN 978-958-45- 1675-6
 Título original : Clementine
 1. Cuentos infantiles estadounidenses 2. Humorismo - Cuentos infantiles
I. Paillié, María Natalia, tr. II. Frazee, Marla, il. III. González Sanz, Ana María, ed.
IV. Tít. V. Serie
I813.5 cd 21 ed.
A1196989

CEP-Banco de la República-Biblioteca Luis Arango

Título original en inglés:
Clementine
de Sara Pennypacker

Texto © 2007 Sara Pennypacker
Ilustraciones © 2007 Marla Frazee
Publicado originalmente en los Estados Unidos y Canadá por
Disney-Hyperion Books como CLEMENTINE. Traducción
publicada en acuerdo con Disney.
© 2009 Editorial Norma
 Avenida El Dorado No. 90-10, Bogotá, Colombia

Primera edición: febrero de 2009

Impreso por: Nomos Impresores
Impreso en Colombia

www.librerianorma.com

Traducción: María Natalia Paillié
Ilustraciones: Marla Frazee
Edición: María Candelaria Posada y Ana María González Sanz
Diagramación y armada: Blanca O. Villalba
Elaboración de cubierta: Patricia Martínez Linares

C.C. 26000618
ISBN: 978-958-45-1675-6

Contenido

Para Bill, el padre de Clementina
en todos los sentidos

—S.P.

Para mi hermano mayor,
Mark Frazee, quien piensa
que soy una idiota

—M.F.

—Porque no puedes tocar mis cosas —contestó.

Entonces, señalé la ventana para distraerla. No era exactamente una mentira, porque nunca dije que había algo ahí afuera. Mientras Margarita miraba por la ventana, toqué accidentalmente su máscara.

Dos veces, está bien.

Luego me concentré en mi proyecto para no tener que oír: "Clementina, presta atención".

Pero lo oí. Lo que era injusto porque yo era la única persona en el salón de arte que estaba prestando atención. Hubiera podido decirles a todos, bajo juramento, que la señora del comedor estaba sentada en el auto del conserje, y que estaban dándose besos. Otra vez. Nadie más vio esta escena desagradable, ¡porque nadie más prestaba atención a lo que pasaba fuera de la ventana!

Después de esto, cuando por fin era mi turno de pasar por la grapadora, pude haberles dicho a todos que

Capítulo 1

No he tenido una buena semana.

Aunque el lunes fue un buen día, si no se tiene en cuenta la Hamburguesa Sorpresa del almuerzo y a la mamá de Margarita que vino a recogerla. O lo que pasó cuando me enviaron a la oficina de la directora, a explicar que lo que había pasado con el pelo de Margarita no había sido mi culpa y que además ella se veía bien así; pero no pude explicar nada porque la directora Gamba se había ido para intentar calmar a la mamá de Margarita.

Alguien debería decir que no se debe contestar el teléfono en la oficina de la directora de la escuela, si acaso eso es una regla.

Sí, de acuerdo, el lunes no fue un buen día.

Lo que fue una sorpresa, pues comenzó con dos señales de suerte que me despistaron. Primero, había suficientes rodajas de banana en mi cereal: una por cada cucharada. Luego, tan pronto llegué a la escuela, mi profesora dijo:

—Los siguientes estudiantes tienen permiso de faltar a la clase de escritura en el diario y pueden ir al salón de arte a trabajar en su proyecto "Bienvenidos al futuro".

¡Y yo era uno de los "siguientes estudiantes"! Entonces, en lugar de tener que pensar qué escribir en mi diario, que es algo que odio hacer; pude pegar y pintar cosas, que es algo que me encanta hacer.

Margarita estaba en el saló arte. Cuando me senté a su lad abalanzó sobre la máscara de cesa-del-futuro a la que le estab niendo escarcha.

—Recuerda las reglas —ad Margarita está en cuarto y toy en tercero. Ella cree que da derecho a mandarme. O reglas de Margarita.

—No puedes tocar mis cos jo después. Siempre dice lo m

—¿Por qué no? —dije. S digo lo mismo.

—Porque esa es la regla — tó Margarita. Siempre dice mo.

—¿Por qué? —dije.

la bufanda de la profesora tenía una mancha de huevo y que esta mancha parecía, si se torcían los ojos, un pelícano. Nadie más lo había notado.

—Clementina, ¡debes prestar atención! —dijo la profesora de arte una vez más, pero al igual que las veces anteriores, yo estaba prestando atención.

Estaba prestándole atención al asiento vacío de Margarita. Ella había pedido permiso de ir al baño y cuando salió del salón, tenía los ojos aguados y la boca apretada, para no llorar. Margarita se estaba demorando demasiado, incluso para ser ella, quien se lava las manos limpiándose un dedo a la vez.

—Necesito ir al baño —le dije a mi profesora.

Y allí estaba Margarita: acurrucada debajo del lavamanos, con la cabeza entre sus rodillas.

—¡Margarita! —exclamé asombrada—. ¡Estás sentada en el suelo!

Margarita se movió hacia un lado para que pudiera ver: había puesto una capa de toallas anti-gérmenes debajo de ella.

—Aun así —dije—. ¿Qué tienes?

Margarita escondió aún más su cabeza entre las rodillas, que estaban brillantes por las lágrimas, y señaló hacia arriba. Sobre el lavamanos, al lado de unas tijeras para "no sacar del salón de arte", había un pedazo de pelo liso y castaño.

Oh, oh.

—Sal, Margarita —dije—. Déjame ver.

Margarita negó con la cabeza.

—No saldré hasta que crezca de nuevo.

—Creo que veo un germen trepando por tu vestido.

Margarita salió de un salto de debajo del lavamanos. Se miró en el espejo y comenzó a llorar de nuevo.

—Tenía pegante en el pelo —dijo, llorando—. Estaba tratando de quitármelo con las tijeras…

El pelo de Margarita le llegaba hasta la mitad de la espalda. Era difícil no notar que la parte de encima de su oreja izquierda había desaparecido.

—Tal vez si lo igualamos cortando un pedazo del lado derecho… —sugerí.

Margarita se secó los ojos y asintió. Me pasó las tijeras.

Yo corté y luego miramos al espejo.

—Es como un flequillo —dije, tratando de animarla—. Bueno, casi como un flequillo.

—Sí, excepto porque el flequillo está en la frente, no a los lados —me recordó Margarita. Luego, respiró profundamente, levantó las tijeras y comenzó a cortar todo el pelo de su frente.

Ahora la mitad del frente de su pelo era corta y la mitad de atrás era larga, y lisa y brillante.

—Más o menos —dijo Margarita, mirándose en el espejo.

—Más o menos —reconocí.

Miramos en el espejo su pelo "más o menos" durante mucho, mucho tiempo, sin decir nada, lo que es muy difícil para mí. Luego, el labio inferior de Margarita comenzó a temblar y sus ojos se llenaron de lágrimas otra vez. Me pasó las tijeras, cerró los ojos y se dio la vuelta.

—¿Todo? —pregunté.

—Todo.

Y eso hice, lo corté todo. Que no es algo fácil de hacer con esas tijeras plásticas de arte, déjenme decirles. Y justo cuando iba a terminar, la profesora de arte entró al baño, buscándonos.

—¡Clementina! —gritó—. ¿Qué estás haciendo?

Y luego Margarita se puso histórica y la profesora de arte se puso histórica también, y nadie pudo pensar en otra cosa mejor que hacer, excepto lo mismo de siempre: mandarme a la oficina de la directora.

Mientras esperaba, dibujé un retrato de Margarita con el pelo corto. La hice ver hermosa, como un diente de león. Aquí está lo que dibujé:

Si existiera una clase especial para niños con talento para el arte, yo estaría en ella, sin duda. Pero no existe, sólo existe para matemáticas y español. Es muy injusto. No soy muy buena en español, lo admito; pero este año estoy en la clase para niños con dotes para las matemáticas. Hay una mala sorpresa: hasta el momento, no hay dotes especiales.

Le comenté a la directora Gamba ese problema cuando regresó de consolar a la mamá de Margarita.

—Hasta el momento, no hay dotes —le dije, muy educadamente.

La directora Gamba dejó rodar sus ojos hacia el techo, como si estuviera buscando algo ahí. Serpientes de techo, tal vez, esperando a caer. Les temía mucho cuando era pequeña. Bueno, el caso es que ya no le temo a nada.

Está bien, las cosas puntiagudas me dan miedo. Pero eso es todo; y los bumeranes también.

—Clementina, debes prestar atención —dijo la directora Gamba—. Debemos discutir acerca del pelo de Margarita. ¿Qué haces en el suelo?

—La ayudo a buscar serpientes de techo —le recordé.

—¿Serpientes de techo? ¿Cuáles serpientes de techo? —preguntó.

¿Ven lo que digo? Yo, prestando atención… el resto del mundo, no. Me impresiona que permitan que alguien con este problema sea el jefe de una escuela.

—Bueno, Clementina —dijo la directora Gamba con su voz de "es-

toy tratando de ser paciente, pero no lo consigo"—. ¿Por qué le cortaste el pelo a Margarita?

—Estaba ayudando —dije.

Y le conté cómo la había ayudado a ella también.

—Contesté el teléfono mientras usted no estaba. Ordené nuevas mascotas para la escuela y le dije al profesor de gimnasia que no jugaríamos ponchados nunca más y también le hice dos citas. Luego el teléfono dejó de sonar, entonces creo que se dañó. Pero al menos alcancé a ayudarla un poco.

Eso es lo que yo creía.

Hay un tipo de mirada que le enseñan a la gente en la escuela de directores que no es muy agradable.

Capítulo 2

Margarita estaba esperándome en la recepción de nuestro edificio cuando me bajé del bus después de la escuela. Le mostré el dibujo que había dibujado

—¡AHHHHHH! —gritó—. ¡Parezco un diente de león!

Así de buena artista soy: siempre saben todos qué es lo que dibujo.

—Los dientes de león son hermosos —le dije, y la empujé al ascensor,

que tiene espejos por todos lados, para que pudiera ver.

Margarita negó con la cabeza.

—Para ser una flor, sí. Para estar en la cabeza de la gente, no —dijo—. Además, los dientes de león son amarillos, no cafés. ¡Parezco un diente de león muerto!

Luego se animó un poco.

—Tal vez eso ayudaría, que mi pelo fuera amarillo —y miró mi pelo con esa mirada de "desearía que fuera así" durante mucho tiempo—, o rojo.

Y por primera vez en todo el día, ¡vi a Margarita sonreír!

—Podría hacer eso por ti, Margarita —le dije—. ¡Sin problema! Podría hacer que tu pelo fuera rojo, como el mío.

—Y, ¿cómo? —preguntó Margarita.

Estaba tan contenta de ver a Margarita sonreír que había olvidado pensar en eso. Pero una gran idea saltó a mi cabeza. En ese sentido, tengo mucha suerte: grandes ideas me saltan siempre a la cabeza, sin que yo tenga que pensarlas.

—Mamá tiene unos marcadores especiales del trabajo. Pintan sobre cualquier cosa, y lo que hagas nunca desaparece. Una vez Espinaca tomó uno y dibujó en todas las paredes y mis papás no pudieron quitarlo. Tuvieron que pintar de nuevo esa habitación. Así de permanentes son.

Bueno, de acuerdo; el nombre de mi hermano no es realmente Espinaca. Pero si yo tengo un nombre que también es una fruta, no es justo que él no tuviera uno también. Algo peor que un nombre de fruta, es un nombre de vegetal, entonces eso es lo que creo que él se merece tener. He recolectado gran variedad de nombres para mi hermano.

—¿Espinaca hizo eso? —preguntó Margarita—. ¿El hijo fácil?

La miré fijamente.

—¿El hijo fácil? —pregunté.

—Así lo llama mi mamá. Dice que por fortuna tus papás tuvieron un hijo fácil después de tenerte a ti. Lo mismo sucede en mi familia, excepto que yo soy el hijo fácil. Dice que cuando hay dos hijos en una familia, siempre hay uno que es fácil y otro que es difícil; supongo que es una regla.

—Sí, claro —dije—. Ya lo sabía.

Pero no lo sabía.

—Entonces, ¿qué pasó con los marcadores? —me recordó Margarita.

—Está bien —dije. Si el hijo fácil pudo usarlos, supongo que el hijo difícil también, vamos.

Y presionamos la S de sótano para bajar a mi apartamento.

Corrí a la cocina y me subí al mostrador y tomé la caja de marcadores del lugar donde mamá los había escondido y bajé de un salto. Antes de irme, le grité desde la sala:

—Hola, ma, todo estuvo genial en la escuela, estaba prestando atención y ahora me voy a jugar con Margarita porque todo está bien con Margarita, no hay problemas, chao

—le dije, sólo para que no se preocupara.

Y luego corrí de nuevo al ascensor donde Margarita estaba esperándome. Miró la caja y sacó un marcador que se llamaba *Candente atardecer*. Le quitó la tapa y lo sostuvo al lado de mi cabeza.

—Perfecto —dijo—, vamos a mi apartamento.

También había olvidado pensar en esa parte.

—¿Tu mamá todavía está molesta? —pregunté.

—Síp. Pero se tomó tres aspirinas y volvió a trabajar. Mi hermano es el único que está en casa.

Entonces dije "bueno" y subimos en el ascensor hasta el apartamento de Margarita, aunque no me gusta su habitación.

Una razón por la que no me gusta ir allá es Rimel. Siempre se esconde bajo la cama de Margarita y gruñe, porque odia a todo el mundo excepto a Margarita. Algunas veces alcanzo a verle la cola o una pata y me siento muy triste porque me recuerda a mi vieja gata Polka Lunares, que se murió.

El año pasado Lunares tuvo tres gatitos en el cajón de mi escritorio que, por fortuna, siempre dejo abierto. Mis papás me dejaron ponerles nombres. Desde que descubrí que las palabras más exquisitas del mundo se encuentran en las etiquetas de las cosas que están en el baño, cargué a los gatitos al baño y busqué un rato hasta que les encontré tres nombres hermosos. Flúor y Laxante fueron a vivir con gente que respondió al anuncio de "Gatos gratis, ¡aproveche!" que puso papá en el diario, cosa que fue injusta para Lunares, porque eran completos desconocidos. Luego la mamá de Margarita dijo:

—Está bien, Margarita. Puedes tener un gato, siempre y cuando lo cuides tú.

Eso era bueno, porque al menos Rimel viviría con alguien a quien Lunares conocía.

Excepto que Lunares murió. Ahora Margarita tiene un gato que está bien y yo no.

Pero la razón principal por la que no me gusta entrar a la habitación de Margarita es porque me hace sentir escozor.

Siento escozor porque la habitación parece de una fotografía de revista. Todo combina y todo está en el lugar perfecto, donde debería estar, en líneas rectas. Además, nada en esa habitación está roto. Y todo está limpio; ni una pizca de polvo está permitida. De hecho, Margarita

también parece una fotografía de revista. Su pelo siempre está peinado (bueno, estaba peinado) y su ropa siempre combina y creo que probablemente ella duerme en la tina, porque nunca le he visto alguna mancha de mugre encima.

De todas maneras me cae bien, aunque no siempre es fácil.

—Recuerda las reglas —dijo Margarita en la puerta de su habitación.

Mientras Margarita buscaba a Rimel bajo su cama, accidentalmente toqué su lámpara, que es de un perro de porcelana con una sombrilla,

a la que Margarita llama paraguas, porque ella es una presumida. Margarita se volteó rápidamente, pero las manos me saltaron dentro de los bolsillos aún más rápido.

—Bueno —dije—, comencemos a colorear.

Esto se llama "cambiar de tema".

Es muy difícil pintar el pelo con marcadores, déjame decirte. Pero lo logré. Pinté todos los cachos de pelo de Margarita de *Candente atardecer* y luego otra maravillosa idea me saltó a la cabeza y pinté rizos de *Candente atardecer* en la frente y el cuello de Margarita, para que su pelo se pareciera más al mío. Se veía hermoso, como un tatuaje gigante de lombrices entrelazadas. Cuando sea grande, tendré cientos de tatuajes.

Margarita se miró en el espejo, luego miró mi pelo; se miró de nuevo en el espejo y dijo:

—Está bien, me gusta.

Y luego me contó que le iban a poner frenitos en los dientes.

—Querrás decir frenillos —le dije.

—No —dijo ella—. Frenitos, son una clase especial de frenillos. Son mejores. Son como joyas.

—Oh —dije—, ya lo sabía.

Pero no lo sabía, está bien.

Más tarde, cuando me encontraba en la difícil parte de quedarme dormida, que significa quedarse en la oscuridad tratando de no pensar en cosas puntiagudas, escuché el teléfono.

Papá dijo: "Hola, Susana", que es el nombre de la mamá de Margarita, y luego no dijo nada más durante mucho tiempo. Luego dijo: "Susana, tratemos de estar calmados", y luego no volvió a decir nada durante mucho tiempo. Y luego dijo "lo siento" siete veces, que son dos veces más de las que le dijo a mamá cuando le dijo que pensaba que los overoles se le estaban viendo un poquito ajustados.

Lo siguiente que oí fue que se dirigía a la habitación de mi hermano, donde mi mamá estaba acostando a Brócoli, a darle el beso de las buenas noches. Luego oí a mis padres susurrar, mientras caminaban por el corredor hacia mi habitación.

Pensé que este momento sería ideal para practicar fingir estar dormida.

Podía sentirlos de pie en la puerta de mi habitación, probablemente pensando que esta hija difícil da muchos más problemas que el hijo fácil. Luego, papá dijo:

—Realmente creo que Clementina tan sólo trataba de ayudarla. Margarita siempre quiso tener el pelo como el de Clementina. Sabes que siempre ha estado un poco celosa de ella.

Esa era la cosa más loca que había oído, porque Margarita es perfecta. Pero no podía decirles esto, porque algo fundamental de hacerse el dormido, es no hablar.

Capítulo 3

Ni siquiera quiero pensar en la parte del martes cuando estaba en la escuela, porque me enojo.

—La mamá de Margarita escribió una nota a su profesora que decía: "Por favor, asegúrese de que mi hija no esté sola con Clementina" —le conté a mamá tan pronto llegué.

—La mamá de Margarita está alterada —dijo mamá—. Supongo que yo también lo estaría.

Luego me dejó poner un poco de jalea de uva en mi leche, para hacerme sentir mejor.

Aún debía tener cara de brava cuando llegó papá, porque me miró y luego me entregó la llave del ascensor de servicio. Mi papá es el administrador de todo el edificio. Dice que

eso significa que todas las personas que viven en el edificio, incluyendo las palomas, son su jefe. Pero él tiene las llaves de todas las puertas, entonces yo creo que él es el jefe. Él entiende que montar en el ascensor de servicio me calma cuando estoy enojada. Me dijo:

—Cuatro veces, campeona, eso es todo. Están pintando en el séptimo piso. Si los pintores necesitan el ascensor, tienes que dejárselo.

Entonces fui directo al séptimo piso a ver si los pintores necesitaban ayuda. Uno nunca sabe.

Y adivinen qué vi: vi a tres hombres pintando el techo… ¡En zancos! ¡No lo estoy inventando!

—¿Necesitan ayuda? —pregun-

té—. ¿Necesitan que me ponga unos zancos?

Supongo que estaban siendo educados porque contestaron: "No gracias, peque, estamos bien", aun cuando vi que les faltaba mucho por pintar.

Entonces monté en el ascensor tres veces más y volví a casa. Cuando abrí la puerta, pude oír a mamá hablando con papá sobre la nota.

—¿Cómo crees que se sintió? —dijo—. ¡Imagínate! ¡Como si nuestra hija fuera un delincuente común!

Papá resopló y dijo:

—Bueno, eso es insultante. ¡No hay absolutamente nada común en Clementina!

—¡Eso no es gracioso! —dijo mamá.

—Sí lo es, un poco —dijo mi papá.

—Supongo que sí lo es, un poco. Pero, ¿qué vamos a hacer?

Salí y cerré la puerta rápidamente para evitar oír la respuesta, en caso de que esta fuera: "Cambiémosla por una niña más fácil".

Me senté afuera en la recepción, esperando a tener la valentía suficiente para subir al quinto piso y decirle "lo siento" a la mamá de Margarita y pedirle que escribiera una nota que dijera: "No pienso que su hija sea un delincuente común". Finalmente la tuve.

No tomé el ascensor para ir al apartamento de Margarita porque no podía arriesgarme a encontrarme con la vieja señora Jacobi. Cada vez que la veo me pasa un billete y dice: "Corre a la tienda y cómprame una caja de cereal, querida". No me gusta hacerle ese favor porque después tengo que llevarle el cereal a su apartamento en el último piso y hablarle, mientras ella cuenta el cambio y me regala unas monedas. Pero si me lo pide, tengo que hacerlo porque A) tiene cuatrocientos años y yo soy educada, y B) Necesito el dinero porque estoy ahorrando para comprar un gorila y apuesto a que cuesta M-U-C-H-O. Mucho.

Bueno, el caso es que tampoco tenía la valentía suficiente para decirle "no, gracias". Entonces subí por la escalera de atrás, cinco veces doce escaleras, que son sesenta, llegué al apartamento 5A y toqué la puerta.

La mamá de Margarita abrió y se quedó ahí parada, viéndose como una fotografía de revista de una mamá en una fotografía de revista de un salón.

Dije: "Hola" y ocurrió algo inesperado. Aunque nunca lo había practicado, mi voz sonó exactamente como la de un delincuente común.

—Hoy no puedes jugar con Margarita, Clementina. Está pasando la tarde en su habitación, pensando en las consecuencias de sus actos, que es lo que deberías estar haciendo tú.

Bueno, está bien, no dijo la última parte. Pero yo sabía que lo estaba pensando.

Detrás de ella estaba Miguel, el hermano de Margarita. Se inclinó desde la puerta de la cocina, para que sólo pudiera ver su cabeza y sus hombros. Luego, aunque está en bachillerato y debería saber comportarse, se tomó del pelo jalándose hacia la cocina. Me reí, aunque sabía que era su mano.

No creo que alguien deba ser llamado "el hijo difícil" si hace reír a los demás.

—Clementina, no hay nada gracioso en esto —dijo la mamá de Margarita.

No le expliqué de qué me reía, no le dije que lo sentía y tampoco pedí una nueva nota, en caso de que todavía tuviera voz de delincuente común. Simplemente corrí por el pasillo.

Esta vez sí tomé el ascensor, porque esperaba encontrarme con la señora Jacobi para no tener que volver directamente a casa. Pero no me la encontré, entonces volví a casa,

y cuando abrí la puerta, vi que en nuestra sala todo se veía mal.

Mamá estaba trabajando en su mesa de dibujo. De repente, me di cuenta de que nunca había visto una mesa de dibujo en ninguna fotografía de revista de una sala.

Cerré la puerta con fuerza.

—La mamá de Margarita siempre se pone vestidos —no sabía que iba a decir esto.

—La mamá de Margarita trabaja en un banco —respondió mamá, mientras trabajaba en su dibujo. Podría ser una regla.

—De todas formas —dije.

—Soy artista, Clementina. Quiero estar cómoda. Siempre me unto de pintura la ropa, por eso debo usar overoles o *jeans*. Sabes eso, ¿cierto?

—Sí —respondí—. Pero de todas formas.

Mamá bajó el lápiz y miró hacía arriba.

—Clementina, ¿algunas veces desearías tener una mamá que trabajara en un banco y se pusiera vestidos?

Apreté los labios para no decir "Sí, tal vez, algunas veces" y miré rápidamente por la ventana, para que mamá no pudiera ver que lo estaba pensando.

Mamá se puso de pie y miró por la ventana también. Nuestro apartamento está en el sótano, a nivel del suelo. Eso significa que las ventanas

están a la altura del andén. Entonces las dos nos quedamos quietas, fingiendo estar extremadamente interesadas en los pies que pasaban por ahí. Yo realmente estaba tratando de imaginarme a mamá en un vestido. Creo que ella también imaginaba eso, porque las dos nos miramos de reojo, y comenzamos a reírnos a carcajadas y no podíamos parar.

Finalmente, mamá se secó los ojos y dijo:

—Oh, vamos. No sería tan gracioso. ¿O sí?

—Síp, sería muy gracioso —dije.

Supe que era el momento perfecto para contarle mi secreto:

—Cuando sea grande, podría ser artista.

¿Y saben qué dijo ella?

—Oh, Clementina. ¡Ya eres artista! Podrías terminar siendo otra cosa, lo que quisieras ser, pero siempre serás una artista. Simplemente lo eres.

Y de repente, ¡nuestra sala se veía fabulosa con una mesa de dibujo!

Ahora mis dedos pedían estar dibujando, entonces me puse la chaqueta y fui al parque, para encontrar cosas interesantes para dibujar.

Papá dice que soy excelente identificando cosas interesantes. De hecho, dice que si identificar cosas interesantes fuera un deporte, tendría el cuello lleno de medallas de oro. Dice que es una buena señal de mi

futuro. Que podría ser un buen detective, eso es claro, pero que ver cosas interesantes es algo que sirve para cualquier carrera.

Mamá dice que eso también significa que podría ser una buena artista.

O escritora. El año pasado una escritora fue a mi escuela y dijo "¡Presten atención!", pero no como lo dice la profesora. Se refería a que debemos prestar atención a las cosas alrededor nuestro, para poder escribir sobre ellas. Luego, me miró a los ojos y dijo que debíamos prestar atención a las cosas buenas y escribir sobre ellas para no olvidarlas.

Entonces, aunque no voy a ser escritora (hay que quedarse quieto y sentado mucho tiempo), presto atención a las cosas interesantes y escribo sobre ellas. También las dibujo.

En el parque, vi algo maravilloso tan pronto llegué: vi a una mujer comiendo lentejas de un termo… ¡con un cepillo de dientes! Incluso cuando tenía un tenedor al lado, ¡que usaba para comer ensalada!

Entonces le pregunté a la señora si podía hacer un dibujo de las lentejas en el cepillo de dientes y ella dijo "Claro", entonces las dibujé y aquí están:

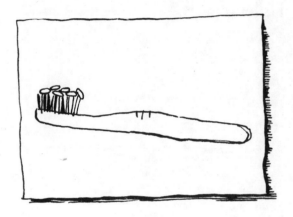

Tan pronto llegué a casa escribí al respecto y le pregunté a mamá si podíamos comer lentejas.

—Tú odias las lentejas, Clementina —me recordó mamá.

—Bueno, creo que las he estado comiendo de manera inadecuada —dije.

Entonces comimos lentejas y las comí de la nueva manera y adivinen qué. ¡Funcionó! Las lentejas se quedaban pegadas a las cerdas del cepillo y no se resbalaban como lo hacían en un tenedor. Entonces tuve muchas, muchas lentejas en la boca.

Lo que estuvo mal, porque odio las lentejas.

Capítulo 4

—Mejor no voy a la escuela hoy —le dije el miércoles a mamá, tan pronto la levanté—. Tengo juanetes.

Puse el pie en la almohada al lado de su cara para que pudiera ver sin levantarse. Esto se conoce como ser considerado.

—Nop —dijo ella, sin ni siquiera abrir los ojos para ver si era cierto.

—Bueno, eso no es todo —dije—. También tengo irritación en los ojos.

—Nop —dijo otra vez, y todavía no abría los ojos.

—De hecho, creo que tengo artritis —dije—. La señora Jacobi estaba respirando encima de mí el otro día en el ascensor. Debo haberme contagiado.

—Por favor —dijo, pero esta vez abrió un ojo y luego hizo el mismo sonido que solía hacer Lunares cuando tenía una bola de pelos en su garganta.

Tomé el borde del tendido y me cubrí la cabeza, pero mamá me lo quitó. Me tomó la cabeza entre las manos y la movió en todas las direcciones para revisarla. Muy difícil, como si no estuviera yo adentro.

—¡Te has cortado todo el pelo! —dijo—. ¡Has cortado todo tu hermoso pelo! ¿En qué estabas pensando, Clementina?

—Quería hacer que Margarita se sintiera mejor —le expliqué—. ¡No quería que fuera la única! Pero olvidé una cosa: Margarita no va a ir hoy

a la escuela, tiene una cita donde el ortodoncista para que le pongan frenillos en los dientes.

Mamá gruño y cerró nuevamente los ojos. Pero se deslizó un poco y me hizo espacio en la parte caliente de sus sábanas.

Subí y olfateé profundamente. El lado de la cama de mamá huele a rollos de canela. El lado de papá huele a piñas de pino. Justo en el medio está todo mezclado perfectamente, ese es mi lugar favorito. Pero esta mañana, papá ya se había ido a pelear en la

Gran Batalla de las Palomas, entonces estuvo bien quedarme en la parte de los rollos de canela.

Mamá me rodeó con su brazo.

—Entonces, ahora serás la única —dijo—. Lo siento, cariño, pero no puedes quedarte en casa. Tienes que ir y hacer frente a la tragedia.

Entonces tuve que ir a la escuela, lo que casi se convierte en un gran error, porque estuve a punto de ir al hospital ¡con las ambulancias, las sirenas y todo!

Sucedió en la oficina de la directora, cuando la profesora me envió allá para tener una pequeña charla acerca de quedarse quieto.

Cuando entré, la directora Gamba también hizo el sonido de la bola de pelos en la garganta.

—¡Clementina! —dijo, pasando saliva—. ¿Qué has hecho? ¡Te has cortado el pelo!

Me alegró que ella se hubiera contestado la pregunta para que yo no tuviera que hacerlo.

—¡Huy! —dije en lugar de la respuesta—. ¡Clementina y Gamba! ¡Ambas tenemos nombres de comida!

La señora Gamba selló los labios como si temiera que sus dientes se fueran a salir. Luego, destapó la nota de mi profesora.

—No puedo evitarlo —dije, antes de que ella comenzara la pequeña

charla—, soy alérgica a quedarme quieta.

—Nadie es alérgico a quedarse quieto, Clementina —dijo ella.

—Yo lo soy —dije—. Mi hermano es alérgico al maní. Si se come uno, le da picazón, se hincha y no puede respirar bien. Si yo intento quedarme quieta, me da picazón, me hincho y no puedo respirar bien. Eso

significa que soy alérgica a quedarme quieta.

La señora Gamba cerró los ojos y los apretó, mientras se frotaba la frente. Casualmente sé que eso significa "Esta idea es tan mala que me está haciendo dar dolor de cabeza", porque es la cara que yo hago cuando mamá me dice que visite a la señora Jacobi. La cara nunca me ayuda a conseguir nada.

—Además —expliqué—, si mi hermano se come aunque sea un pequeño maní, tendría que ir al hospital, ¡con las ambulancias, las sirenas y todo! Entonces, si me quedo quieta, incluso por un minuto... Oh, oh.

Sacudí mi cuerpo sólo un poco para estar tranquila.

—¡Uff! —dije—. Estuvo cerca.

La directora Gamba suspiró como un globo desinflándose.

—Clementina, ¿crees que podrías de ahora en adelante, cuando estés en clase, intentar sacudirte más silenciosamente?

Le pregunté al cuerpo y él dijo: "Claro", entonces le dije a la señora Gamba: "Claro".

—Excelente —dijo ella—. Como ya estás aquí, ¿por qué no discutimos lo que sucedió con tu pelo?

Pensar en mi pelo me hizo pensar en Margarita. Pensar en Margarita me hizo recordar que le iban a poner frenillos en los dientes.

Quiero frenillos en mis dientes más que cualquier cosa. Pero después tuve un mal pensamiento: ¿Qué tal que tuvieran bordes puntiagudos?

No quería tener cosas puntiagudas en la cabeza todo el día, entonces miré por la ventana, porque la única manera de borrar cosas puntiagudas es con cosas redondas, y las nubes son de gran ayuda. Enseguida vi una nube que sería un tatuaje maravilloso: parecía un perro, si los perros tuvieran tan sólo dos patas, en el frente no atrás. Todavía no puedo tener tatuajes, es muy injusto; por ahora, me dibujo cosas en los brazos para no olvidarlas. Pero no tenía un marcador. Miré en el escritorio para ver si la señora Gamba tenía un marcador para hacer tatuajes y, de repente, me di cuenta de algo muy sospechoso: ¡Nunca había visto los brazos de la señora Gamba! ¡Siempre estaban escondidos bajo sus mangas!

—¿Tiene algún tatuaje? —pregunté—. ¿Puedo verlo?

—¿Qué? —preguntó la directora Gamba—. ¡Estábamos hablando de tu pelo, Clementina!

—Eso fue hace mucho tiempo —le recordé. Añadí una sonrisa amable, porque no era su culpa tener dificultad para prestar atención.

Capítulo 5

Tan pronto llegué a casa comencé a buscar los pies de Margarita. Desde la ventana de la cocina puedo ver el andén frente a la puerta de la recepción. Como memoricé todos los zapatos de la gente que vive en nuestro edificio, sé quién entra o quién sale de él. Podría ser detective cuando sea grande.

Esperé y esperé y esperé, lo que es la cosa más difícil del mundo. Especialmente cuando tienes la cabeza

caliente, como la tenía yo, porque mamá me hizo poner sombrero de invierno para que no tuviera que ver mi pelo corto. Finalmente, vi los zapatos deportivos morados de Margarita, y corrí hacia arriba para en-contrármela en la recepción.

—Déjame ver.

Margarita estiró los labios para que yo pudiera verle todos los dientes. La boca de Margarita era el lugar más hermoso que jamás había visto, incluso era más hermoso que Disneylandia, el castillo de la Bella Durmiente, al que iré cuando cumpla diez años. Cada dien-te tenía su propio frenillo plateado y brillante y había pequeños trozos azules regados alrededor, como diminutos regalos.

—Son cauchos —dijo Margarita—. Cada mes

iré a que los cambien y me darán de diferentes colores. Los que yo elija.

Eso me dio un excelente idea.

Me quité el sombrero para mostrarle a Margarita que no era la única, y eso la hizo feliz. Luego le conté mi excelente idea.

—Puedes escoger el color de mi nuevo pelo. Puedes pintar mi cabeza del color que elijas.

Eso la puso aún más feliz.

—Esos marcadores están todavía en mi habitación, vamos —dijo.

—¿Tu mamá esta brava todavía?

—Síp, pero va a ir a cine con Andrés esta tarde.

Andrés es el "amigo especial" de la mamá de Margarita, que es la palabra que los adultos usan para decir novio.

Entonces subimos a su apartamento. Miguel estaba ahí, viendo televisión. Cuando me vio el pelo, se puso la mano en el pecho y se cayó del sofá, simulando tener un paro cardíaco. Luego se pegó en la frente con la mano y dijo:

—Ustedes son increíbles, absolutamente increíbles.

Él es mayor y no tiene por qué ser amable con nosotras. Creo que le gusto.

Margarita lo miró, enfurecida. Luego, me pegó con el codo, entonces yo lo miré enfurecida también; incluso cuando no entendía por qué estábamos haciendo eso. No estoy tan segura de que Margarita sea "el hijo fácil" de esa familia.

Me arrastró hasta su habitación.

—No puedo esperar a que sea verano —dijo, refunfuñando—. Mamá finalmente se va a deshacer de él.

—¿Te refieres al campamento de béisbol? Él quiere ir, Margarita. Eso no es deshacerse de alguien.

Margarita me miró con los ojos de "estoy en cuarto grado y tú no".

—Adiós y buen viaje —murmuró.

Luego sacó los marcadores de mamá. Todavía estaban en el mismo lugar y se veían igual, con ninguna de las tapas mordidas. No entiendo cómo Margarita logra hacer eso. Tomó uno verde brillante y me pintó el pelo y luego me dibujó algunos rizos en la frente y en el cuello.

—No hagas líneas puntiagudas —le recordé—. Sólo redondas.

Pensar en cosas puntiagudas hizo que me preguntara sobre los frenillos de Margarita.

—¿Cómo se sienten? Apuesto a que están llenos de partes puntiagudas.

—Nop, se sienten como el cielo —dijo Margarita—. No hay partes puntiagudas. Son tan suaves como las orejas de un conejo. Un bebé conejo. Qué lástima que no puedas tener unos.

Mantuvo los labios estirados hacia arriba mientras hablaba para mostrarme los dientes, entonces fue muy difícil entender lo que decía.

Pero le entendí.

—Yo también tendré frenillos —dije—. La próxima semana.

Entonces me puse el sombrero y corrí hacía mi apartamento rápidamente para que fuera una no-mentira.

—Necesito frenillos en los dientes —le dije a mamá—. Son hermosos y se sienten maravilloso.

—Primero que todo —dijo mamá—, no se sienten maravilloso. Al menos, no al principio. La mamá de Margarita estuvo acá más temprano, preguntando si aún teníamos medicina de cuando a tu hermano le estaban naciendo los dientes. Me dijo que Margarita había llorado todo el camino de regreso a casa.

Ay, Margarita.

—Bueno, todavía los quiero. La próxima semana.

—Segundo, no los necesitas. Tus dientes están perfectos.

Esa es la cosa más injusta que jamás oí.

—Puedo sentir que se tuercen —dije. Y de repente, podía sentirlo—. Mejor pidamos una cita.

Entonces, antes de que mamá pudiera decir "tercero", que usualmente es el peor de todos, oímos que mi hermano se levantaba de su siesta.

—Ya voy, Rábano —le dije.

—¿Vamos por el wok? —preguntó, tan pronto entré a su habitación.

—Tienes suerte de que yo sea tu hermana mayor —le dije. Debo recordarle esto todos los días, porque lo olvida. Entramos a la cocina y saqué el wok—. Nadie me hizo este truco cuando era pequeña.

Mi hermano se sentó en el wok y se agarró de las manijas y luego yo le di varias vueltas. Salió girando y chocando contra los gabinetes; luego se puso de pie y caminó tambaleándose hasta caer, lo que le parece la cosa más graciosa del mundo.

—¡Otra vez! —gritó.

Pero no lo giré otra vez, porque siempre vomita a la segunda vez y alguien tiene que limpiar y esa alguien N-O, no soy yo. Esto se llama ser responsable.

Entonces vino hacia mí, me quitó el sombrero y me señaló la cabeza.

—¿Verde?

Y pensé algo.

Primero, Margarita tenía el pelo castaño y liso, y no nos parecíamos. Luego, lo cortamos y lo pintamos de rojo, entonces nos parecíamos un poco. Después, le pusieron frenillos en los dientes, lo que significaba que no nos parecíamos. Pero sus dientes estarán derechos pronto, y nos pareceremos. Excepto que ahora yo tengo la cabeza verde.

¿Qué pasará si nunca nos parecemos?

¿Qué pasará si sí?

Capítulo 6

El jueves por la mañana me levanté con una idea espectaculariosa. En ese sentido, tengo suerte; siempre me aterrizan en la cabeza ideas espectaculariosas. El secreto que conozco sobre las ideas es que una vez aterrizan en la cabeza, debes agarrarlas rápido, porque sino se aburren y despegan. Entonces, llamé a Margarita y le dije que tenía una sorpresa para ella y necesitábamos sentarnos en el último asiento del autobús.

Es injusto cómo algunas veces ni siquiera las ideas espectaculariosas funcionan. Tampoco es justo que a los conductores de autobús les permitan enviar a alguien a la oficina de la directora.

—No es mi culpa —le expliqué a la directora Gamba antes de que ella pudiera decir: "Clementina, ¿por qué…?"—. Margarita tiene la piel de la cabeza muy resbaladiza.

La señora Gamba se dejó caer fuertemente en su silla. Se tapó las orejas con las manos y presionó, como si su cerebro tratara de saltar. Una parte de mí quería ver algo así, pero la parte más grande decía: "¡Hoy no, gracias!"

—La resbaladiza piel de la cabeza de Margarita no es el problema —dijo—. El problema es que intentaste pegarle tu pelo en la cabeza. Has tenido muchos problemas esta semana: primero, le cortaste el pelo a Margarita; luego, le pintaste la cabeza; ayer, te cortaste el pelo y te pintaste la cabeza; y hoy esto. Clementina, ¿qué está sucediendo entre Margarita y tú?

—¿Cómo se deletrea nitrógeno? —le pregunté a la señora Gamba. Algunas veces los adultos se distraen si les preguntas cosas de la escuela.

Pero la señora Gamba deletreó nitrógeno y en seguida volvió al tema de Margarita.

—¿Estás molesta con ella?

—¡NO! —dije. Está bien, grité. Pero no sabía que iba a gritar, y no pude detener mi voz de grito—. ¡ASÍ DE BUENA AMIGA SOY CON MARGARITA: NI SIQUIERA ESTOY MOLESTA CON ELLA POR LO QUE HIZO LA SEMANA PASADA, EN MI FIESTA, CUANDO SOPLÓ SOBRE LOS CHOCOLATES QUE PARECÍAN ROCAS Y QUE ESTABAN EN LA PARTE DE ATRÁS DE LA VOLQUETA, LA MEJOR PARTE DE LA DECORACIÓN DE LA TORTA, Y LUEGO SE SENTÓ SOBRE MI KIT DE PINTURA BRILLANTE, EL MEJOR REGALO QUE RECIBÍ, Y DIJO QUE HABÍA SIDO UN ACCIDENTE PERO NO LO CREO, Y AHO-

RA ELLA TRATA DE PARECERSE A MÍ, EXCEPTO PORQUE PUEDE TENER FRENILLOS Y YO NO!

—Oh —dijo la directora Gamba, y después no dijo nada. Sólo se quedó mirándome, que es lo peor que te puede pasar en la oficina de la directora. Me quedé ahí, balanceando

las piernas como loca por trescientas horas y luego dije:

—¿Puede permitirme salir de aquí?

—Bueno, está bien —dijo ella..

La mamá de Margarita le permitió venir a jugar después de la escuela.

—¿Esto significa que ya no está brava conmigo? —pregunté.

—No. Sólo cree que ya no hay nada más que me puedas hacer en la cabeza. Además, dice que ya tengo nueve años y que debo ser capaz de protegerme la cabeza.

Luego le conté las buenas noticias que había pensado antes.

—Ya tengo nueve años también.

—No, no los tienes. Tienes ocho —dijo ella—. Vine a tu cumpleaños la semana pasada.

De eso me acordaba.

—No —le expliqué—. En mi fiesta tenía ocho. El nueve viene después del ocho y después de mi fiesta, entonces ahora tengo nueve.

¡Eso significa que tenemos la misma edad!

—¡Eso es ridículo! —gritó Margarita—. ¡Ya casi tengo diez y tú tienes ocho, no nueve!

Trató de tirarse el pelo, pero no pudo porque no tenía, y su cabeza se puso aún más roja debajo del marcador permanente ya restregado.

—¡Sí tengo nueve! —le dije—. Estoy en la clase para niños con dotes especiales para las matemáticas, entonces sé de números.

Margarita se fue y cerró de un portazo. Margarita... después de todo lo que he hecho por ella, ¡ayudarla a arreglar su estúpido pelo!

La seguí a la recepción y grité:

—¡No debiste respirar en mi torta y tampoco debiste sentarte en mi regalo y no quiero que te parezcas a mí!

Pero ella ni siquiera se dio la vuelta, entonces ahora no tengo con quién jugar por el resto de mi vida. Pero no me importaba porque tenía nueve años.

Tal vez tenía un poco más de ocho, está bien.

Tener un poco más de ocho hizo que me acordara de que no había revisado ese día si habría empezado a crecerme barba, entonces corrí hacia el baño. Mientras estaba allí, subí accidentalmente a la tapa del inodoro para mirar por la ventana hacia el callejón continuo para mirar si Margarita había salido. No la vi, pero no me importó. ¡Especialmente cuando me miré en el espejo y me di cuenta de que una bella y castaña barba me estaba creciendo en una mejilla!

—¡Oye, Lucas! —grité. Lucas es el nombre de papá para las otras personas—. ¿Dónde está tu cuchilla de afeitar?

Papá corrió hacia al baño tan rápido que pensé que sus pies podrían prender fuego, pero no lo hicieron. Le mostré mi barba.

Papá entrecerró los ojos y olió mi mejilla.

—Eso no es barba, Clementina —dijo, suspirando—. Eso es glaseado de chocolate. De hecho, huele exactamente igual al glaseado de chocolate que tu madre puso en el pastel que hizo para su club de lectura, el que nadie debía tocar. ¿No es una coincidencia?

Bueno, está bien.

Limpié el glaseado y debajo había una cara muy molesta.

—Clementina —dijo papá—, sabes que a las niñas no les crece barba.

—¿Y entonces qué pasa con La Maravillosa Mujer Barbada del circo? ¿Qué es eso, ah?

—Clementina, te he dicho cien veces: no te puede crecer barba.

—Entonces, ¿Nabo tendrá una barba como la tuya algún día? ¿Hasta las rodillas, si quiere? ¿Y yo no? No es justo —eso se lo he dicho cien veces.

—Primero que todo, tu hermano no se llama Nabo —dijo papá—. Segundo... bueno, olvídalo. Tal vez hoy no sea el día para hablar de lo que es justo.

Durante mucho tiempo, papá y yo miramos en el espejo mi cara furiosa con el pelo verde.

—Tengo muchos problemas con el pelo en estos días —murmuré.

—Lo sé, campeona —dijo papá. Luego me abrazó. Usualmente, esto me quita el enojo, pero esta vez también me sentía triste y afortunada, lo que fue extremadamente confuso.

—Oye —dijo papá—, ¿tienes un poco de tiempo libre?

Lo miré de reojo. Dependía.

—La Gran Batalla de las Palomas
—dijo—. Es hora de las maniobras
de la tarde. Podría necesitar a alguien como tú al mando esta noche.
Alguien con ideas frescas. Estoy un
poco carente de ellas.

Dije que bueno, y nos pusimos
nuestros impermeables y salimos.

Primero, papá sacó la manguera, que él llama la artillería pesada. Luego, roció los primeros escalones y el andén frente a las puertas de la recepción y por último, apuntó la manguera en dirección a las palomas, cubriendo las cornisas, los alféizares, los balcones y los techos de la fachada de nuestro edificio. Las roció con agua hasta que todas volaron. Esa es la mejor parte, porque cuando un millón de palomas vuelan al mismo tiempo por encima tuyo, puedes sentir sus aleteos explotando dentro de ti, como fuegos artificiales.

Papá me pasó la manguera.

—¿Quieres limpiar el león?

Por supuesto, lo hice. El león tallado encima de la puerta tiene dientes realmente puntiagudos, pero no le temo porque los está usando para protegernos. Además, es de piedra. Lo rocié con la manguera hasta que brilló con las luces de la calle.

—¿Sabes, papá? —señalé—. No estás en guerra con las palomas. Ellas no son el enemigo.

—¿De qué estás hablando? —preguntó—. Mi trabajo es hacer que este edificio se vea bien, especialmente la entrada. Haz visto lo que hacen esas palomas.

—Exactamente —dije—. Las palomas están bien; su porquería es lo que odias.

—Bueno, sí; es verdad —dijo papá—. De hecho, estoy en guerra con la caca de las palomas. ¿Tienes idea de cómo deshacerse del popó de las palomas sin tener que deshacerse de las palomas?

—¿Qué pasa si les ponemos pañales? —sugerí—. Podemos esperar a que las palomas estén dormidas, ¡y ponerles pequeños pañales!

—¡Brillante! —gritó papá—. ¿Ves? A eso me refiero: siempre puedo contar contigo para ver las cosas desde otra perspectiva. ¡Te nombraré capitán!

—Me nombraste capitán la semana pasada, por la idea de cobrarles arriendo —le recordé.

—Entonces, ¡podrás ser sargento! —prometió.

—Olvídalo —dije—. ¿Quién cambiaría todos los pañales? Yo no.

—Hmmm —dijo papá—, buen punto. Regresemos al tablero de dibujo, campeona.

Entonces nos quedamos ahí sentados, viendo cómo las palomas regresaban en bandada a nuestro edificio para pasar allí la noche. Las oímos arrullar encima nuestro, como un millón de viejitas chismosas.

—¿Qué vamos a hacer? —pregunté—. Pregunto en serio.

Capítulo 7

Sabía desde el principio que el viernes iba a ser un mal día, porque los huevos tenían partes transparentes.

—No puedo comer huevos con partes transparentes —le recordé a mamá.

—Cómete lo que está alrededor —dijo ella—. Cómete sólo las partes amarillas y las partes blancas.

Pero no podía hacerlo porque las partes transparentes habían tocado

las partes amarillas y las partes blancas. Todo lo que me quedaba era una tostada.

—¿Tienes todas tus cosas? —me preguntó papá mientras salía.

—Claro que sí —dije—. Las tengo en mi mochila.

Pero cuando fui a mostrarle mi tarea, tres frases sobre el planeta Saturno, que había decorado con el dibujo de unas ardillas que había visto en el parque, ¡no estaba!

—Mejor búscala en El Hoyo Negro —dijo.

Miré a papá con la mirada de "eso no es gracioso", regresé a mi habitación a buscar. El Hoyo Negro es como papá llama al espacio debajo de mi cama. Dice que las cosas desaparecen misteriosamente allí. No creo que los padres deban ser comediantes.

Mi tarea no estaba debajo de mi cama.

Y el resto de día empeoró.

En el bus, Margarita pasó por el lado de nuestro asiento y siguió derecho, para sentarse junto a Agustina, y eso que Agustina sólo puede hablar de ir al centro comercial, lo que es muy aburrido. Además, alguien con un nombre tan bonito como Agustina, tuvo que habérselo inventado.

Después, tan pronto llegué a la escuela, la profesora dijo:

—Los siguientes estudiantes están excusados de recreo, para que puedan adelantar su escritura en el diario.

Yo era una de esos "siguientes estudiantes".

Durante la escritura en el diario, la profesora dijo tres veces: "Clementina, necesitas prestar atención", y cada vez que lo dijo, yo estaba prestando atención. Estaba prestando atención a lo que pasaba afuera de la ventana, donde los de cuarto estaban jugando a "La olla". Cada vez que el balón se acercaba a Margarita o a Agustina, se sujetaban la una de la otra y daban alaridos, como si las estuvieran matando, lo que significa, todo el mundo lo sabe: "Somos las mejores amigas".

Cuando la profesora movió mi silla de la ventana, me A-L-E-G-R-É, alegré y escribí en todas las páginas de mi diario: "¡NO ME IMPORTA!", tan fuerte, que mi lápiz se rompió.

Cuando regresé a casa, tenía planeado ir directamente a mi habitación para hacer un dibujo mío, con una nueva mejor amiga. Pero papá se estaba poniendo su impermeable y no estaba lloviendo.

—Pelear contra las palomas no es tarea para los débiles —dijo—. Se necesita una valentía superhumana, y también ingenio e inteligencia.

Cuando papá habla así es porque tiene una idea.

—¿Tienes otro plan de batalla, papá? —pregunté.

—Síp —respondió—, y es extraordinario. Probablemente seré promovido a general.

—Ya eres el general, ¿recuerdas?

—Ah, tienes razón. Soy tan modesto que lo olvido. Bueno, apuesto a que me dan la Medalla de Honor.

—Papá.

—Incluso podrían nombrarme caballero.

—¡Papá! —grité. Algunas veces papá necesita ayuda para ser serio—. ¿Cuál es el nuevo plan de batalla?

Papá miró alrededor, como si hubiera espías al acecho. Luego, se inclinó y me susurró al oído:

—¡Guerra psicológica!

Esta parecía ser una buena idea, entonces lo seguí y me senté en los escalones para mirar. Podría hacer ese dibujo más tarde.

Primero, papá mojó el andén con la manguera y luego salpicó a las palomas hasta que se fueron. Todo el tiempo murmuraba cosas como: "Oh, son astutas, ¡pero yo soy más astuto!" y "Es un hecho poco conocido que las palomas fueron la octava plaga de Egipto".

Luego, sacó un búho de plástico marrón de una bolsa. Tomó una escalera, subió y puso el búho justo sobre la cabeza del león de la puerta de entrada.

Le pregunté para qué era eso.

—Las palomas verán ese búho y se dirigirán a las montañas. Bueno, a otro edificio. Las palomas le temen mucho a los búhos. Sí, probablemente me nombrarán caballero.

—Es de plástico —le recordé.

—Pero las palomas no lo saben. Esa es la maravilla de mi plan.

No podía entender qué era lo maravilloso. No podía entender cómo un pequeño búho de plástico iba a asustar a un centenar de palomas que peleaban entre sí por sentarse sobre la cabeza de un rugiente león.

Y mientras estábamos ahí, papá admirando los frutos de su brillante plan de batalla y yo preocupándome por este, las palomas regresaron. Se sentaron en sus perchas regulares, a lo largo de la fachada de nuestro edificio, excepto por unas pocas, que decidieron sentarse en la cabeza del búho.

Papá necesitaba algo real.

—Polka Lunares las habría asustado.

Papá puso la escalera y su impermeable a un lado y se sentó junto a mí.

—Aún la extrañas, ¿verdad, campeona?

Asentí.

—Me hace falta verla cuando regreso de la escuela. Extraño darle palmaditas donde su pelaje era suave, bajo el cuello. Extraño oírla ronronear cuando me quedaba dormida. Incluso, extraño el olor a comida de gato.

—Eso es extrañar mucho —dijo papá.

—Y ella habría ahuyentado esas palomas, ¿verdad?

—Absolutamente. Era un gato aterrador.

—Papá, ella habría sido aterradora para las palomas —dije, y luego tuve la idea más asombrosa de toda mi carrera.

Me puse de pie de un brinco y le di a papá un beso exactamente en el lugar donde la barba deja de ser crujiente. Luego, corrí hacia el apartamento, entre a mi habitación y hurgué bajo el colchón, que es el lugar donde guardo mi foto favorita de Lunares.

Luego, corrí hacia la tienda de fotocopias de la esquina.

—¿Puede hacer esto más grande? —pregunté.

—¿Cómo lo quieres? —preguntó el vendedor.

Saqué mi billetera y puse todo el dinero de mi cumpleaños sobre el mostrador.

—¿Qué tan grande puede hacerla con esta cantidad de dinero?

El vendedor contó el dinero y pensó por un momento.

—Puedo hacer que ese gato tenga el mismo tamaño que un pastor alemán, por esta cantidad de dinero.

—Perfecto —dije.

El vendedor tomó el dinero y el dibujo de Lunares y me dijo que regresara al día siguiente a las cuatro. Corrí a casa y entré al apartamento. Papá y mamá estaban en la cocina.

—...sólo uno—dijo papá.

—Sólo necesitamos uno —dijo mamá—. ¿Crees que debamos hacerlo?

—Creo que sí —respondió papá—.
Creo que es hora.

—Está bien —dijo mamá—. Lla-
maré mañana.

¿Sólo necesitamos uno? Cerré la
puerta con fuerza cuando entré para
que supieran que estaba ahí. Si estaban conversando acerca de deshacerse de mí para quedarse sólo con

un hijo, el fácil, quería que no habla-
ran M-Á-S, más. Y no porque estuviera preocupada, probablemente ni
siquiera estaban hablando de mí.

—¡Shhhh! —dijo papá—, está en
la casa.

Bueno, está bien. Estaba preocupada.

Capítulo 8

Aquí va un buen secreto: algunas veces me gusta la clase de escritura en el diario porque puedo recordar cosas que podría olvidar cuando crezca. Como que planeo fumar y no planeo casarme. Cigarrillos, sí; esposo, no. ¿Qué pasaría si olvidara estas cosas?

Algo más para recordar cuando sea grande: si alguna vez me caso, cosa que no haré, tendré sólo un hijo. El primero. Ella será más que suficiente, incluso si es la difícil.

Nop, otro hijo no es necesario, incluso si él es el fácil. Aunque pensar en mi hermano y en mi diario hizo que tuviera una magnífica idea el sábado.

La semana pasada, Nabo tenía que ponerse una inyección donde el doctor y estaba tan molesto por eso, que mis padres le permitieron alquilar un video y comer gomitas en forma de gusano, incluso cuando mis padres son del tipo de padres que sólo dejan ver Plaza Sésamo y comer palitos de zanahoria. Entonces, fingí tener que escribir en mi diario, aunque no tenía que hacerlo porque era fin de semana, y también fingí estar enojada por eso, para que mis padres sintieran pena por mí.

Tan pronto entraron a mi habitación, fruncí las cejas hacía abajo, como flechas, y mostré los dientes tanto como pude. Aquí hay un dibujo de esto:

Si mis dientes fueran más puntiagudos, me habría visto feroz; como el león de piedra. De todas maneras, ¿vieron lo enojada que me veía?

Pero, adivinen qué hicieron mis padres. Nada. Porque ellos no son tan buenos prestando atención.

—Disculpen —dije—. Estoy muy enojada por culpa de este diario. ¿Podrían darme unas gomas de gusano y un video?

Me miraron como si hubiera hablado en el lenguaje secreto que Margarita y yo usamos. Yo estaba segura de que no lo había hecho.

—Ustedes dejaron que Calabacín comiera gomas de gusano y viera un video cuando estaba molesto por su inyección —les recordé.

—Primero —dijo mamá—, tu hermano no se llama Calabacín. Segundo, tiene tres años.

—Tercero —dijo papá—, considerando todo lo que hiciste esta semana, no creo que sea momento para tratos especiales, ¿o sí?

—Bueno, está bien —dije.

Pero no estaba bien.

Por la tarde, mamá se fue a clase de yoga y mi hermano se fue a su grupo de juego de los sábados. Papá estaba por ahí, pero estaba en el segundo piso, haciéndose cargo de "un problema de plomería". Usualmente los sábados Margarita y yo jugamos juntas, pero Margarita ya no era amiga mía. Entonces no tenía nada que hacer durante tres horas enteras, ni siquiera comer gomitas de gusano ni ver un video, hasta que pudiera ir a recoger la foto gigante de Lunares.

Luego me di cuenta de que no sabía dónde debía poner la foto una vez lo recogiera.

Necesitaba una de las ventanas de arriba, justo en la mitad del edificio, para poder asustar a las palomas. El apartamento de Margarita estaba en el quinto piso, pero no creo que la mamá de Margarita fuera a permitir que un criminal común usara su ventana. El hombre que vive en el sexto piso huele a naftalina, por eso nunca lo visito. Las personas que viven en el séptimo piso salieron de vacaciones mientras mandaban pintar su apartamento.

Lo que hizo que me acordara de una cosa.

Subí al séptimo piso a ver si los pintores aún necesitaban ayuda. Nadie respondió cuando toqué la puerta, pero los zancos de los pintores y todas sus brochas y latas de pintura estaban afuera, en el pasillo. Todavía no habían pintado el pasillo, lo que me dio una gran idea: ¡podría

pintarlo por ellos! Entonces, cuando los pintores regresaran el lunes, se golpearían la frente y harían sus caras de "¡Huy! ¡Debemos estar soñando!", y se preguntarían quien había hecho algo tan maravilloso hasta que yo subiera y les dijera: "Oh, pues fui yo".

Estaba sonriendo por esto, mientras amarraba los zancos a mis piernas. Pero cuando intenté ponerme de pie, me caí. Lo intenté de nuevo, pero me caí otra vez.

Veintinueve veces. Lo que fue suficiente, créanme. Ya había terminado mi labor en ese lugar.

En el camino hacia abajo, el ascensor se detuvo en el quinto piso. Me emocioné un poco cuando Margarita entró y me sonrió, pero un segundo después, esa niña Agustina entró también.

—Hola, Clementina. Vamos a ir a centro comercial —dijo Margarita.

Me di la vuelta y fingí estar muy ocupada presionando todos los botones hasta que ellas se bajaron. Luego fui a mi habitación e hice un dibujo de mí en el centro comercial con muchas nuevas mejores amigas.

Finalmente era hora de ir a la fotocopiadora. Corrí todo el camino, aunque probablemente tenía las piernas rotas por todo lo que me había caído antes.

Cuando el vendedor sacó la foto de Lunares, me dolió tanto el corazón que no pude respirar durante un minuto. Se veía tan hermosa así de grande y la extrañaba tanto. Tomé aire rápidamente para no desmayarme y luego dije "Gracias" y llevé a Lunares a casa, teniendo cuidado de no doblarla, porque ella hubiera odiado eso.

Cuando llegué a mi edificio, miré hacia arriba por entre todas las palomas. En el último piso del edificio estaba el apartamento de la señora Jacobi. Metí la foto gigante de Lunares bajo mi brazo, tomé el ascensor hacia el octavo piso y toqué en la puerta de la señora Jacobi.

—¿Puedo poner esto en su ventana? —pregunté—. ¿La que está en medio de su sala?

—¡Claro que sí, querida! —dijo la señora Jacobi sin ni siquiera preguntar por qué y de repente ya no se veía tan vieja ni tan aburrida.

Fui hacia la ventana y la abrí. Cuando miré hacia abajo, pude ver la parte de arriba de un millón palomas. Cubrían cada alféizar, cada balcón, cada cornisa y cada ladrillo que salía, incluso por unos centímetros. En medio de todo esto, podía ver el andén que aún estaba mojado del baño que le había dado papá. Supongo que a eso se refería papá cuando decía que había que ver las cosas desde otro ángulo, pero no entendía cómo podía ayudar esto.

La señora Jacobi se hizo a mi lado y vació media caja de cereales en la cornisa. Las palomas se agitaron y subieron como una nube gris gigante.

Y tuve una idea. ¡¡¡Aahh!!!!
¡¡¡¡Aaahhhh!!!

Salí corriendo del apartamento de la señora Jacobi hasta mi apartamento, ocho veces doce escalones, lo que equivale a noventa y seis.

—¡Papá! —grité—. ¿Qué pasaría si las palomas vivieran en uno de los lados del edificio, en lugar del frente? ¿Estaría bien?

—Eso sería genial —dijo papá—. Un milagro, aunque primero tendrías que convencer a un millón de palomas de que se movieran.

—Pero, si pudiera hacerlo, ¿eso resolvería el problema? ¿No te importaría si ensucian el andén del callejón de al lado?

—Nop, para nada. Nadie lo usa. Ese callejón podría estar hundido en caca de paloma y nadie lo notaría. Sigue adelante, diría yo.

Y luego subí de nuevo corriendo por las escaleras hacia el apartamento de la señora Jacobi y entré, porque la puerta todavía estaba abierta. ¡Así de rápida soy!

—Iré por sus cereales todas las semanas —le dije—. Ni siquiera tendrá que pedirme el favor. Cada día, si prefiere. Pero, ¿pararía de alimentar a las palomas por acá? ¿Las alimentaría por una de las ventanas del lado?

La llevé al comedor y le mostré el lugar perfecto.

—Comencemos hoy —dije, mientras roceaba la otra mitad de la caja de cereales.

Y aunque las palomas tienen diminutos cerebros de ave, entendieron rápidamente el mensaje, porque en ese instante una gran bandada llegó.

Incluso era mejor para la señora Jacobi porque era su comedor, ¡y ahora podía ver a las palomas comer mientras ella comía!

Mi labor había terminado allí, entonces corrí de vuelta a casa para contarle a papá las buenas noticias.

Él y mamá estaban en la cocina preparando la comida, ¡entonces les conté, les conté y les conté! Y papá no paraba de decir: "¡Así se hace, campeona!", y mamá no paraba de decir: "¡Gracias a Dios! ¡Ahora no tendrás que pasarte la vida limpiando el desastre de esas palomas!".

¡Estaban tan felices! Pero mis padres eran muy astutos: no sé cómo, mientras les contaba sobre de la se-

ñora Jacobi, uno de ellos deslizó un
colador lleno de arvejas y me con-
venció de desgranarlas.

Aunque a decir verdad, no me
importó. Haber visto las caras de:
"¡Huy! ¡Debo estar soñando!" en
mis padres, fue mucho mejor que
haberlas visto en los pintores.

Infortunadamente, esas caras no
les duraron mucho tiempo.

Después de la comida, mamá dijo
que iba a trabajar un poco. Luego
fue al armario a buscar sus marcadores especiales… que todavía estaban
en la habitación de Margarita.

—Usaste mis… no los permanentes… esos son para… ¿en que estabas…?

Es una mala señal cuando mamá no puede terminar sus oraciones.

—Están en la casa de Margarita —le dije—. Están bien, ni siquiera están mordidos. Iré por ellos…

—Ah, no —dijo papá—. Nosotros iremos por ellos. De todas maneras, creo que es hora de que hablemos con la mamá de Margarita. Ve a sen-

tarte en tu habitación a pensar en todas las cosas.

Entonces fui a mi habitación y pensé en todas las cosas. Como en la mamá de Margarita explicándole a mis padres la regla del "hijo fácil y el hijo difícil".

117

Capítulo 9

—No puedo ver tu cabeza verde un día más —dijo mamá tan pronto desperté el domingo por la mañana.

Entonces, justo después del desayuno me llevó a la cocina y comenzó a restregarme la cabeza con limpiador en polvo y a decir cosas que nunca le oí a una mamá de la televisión. Me restregó tan fuerte que probablemente me hizo un hoyo en la piel y el hueso de la cabeza; y ahora todos pueden verme el cerebro, y mejor ya no vuelvo a dar más botes.

Todo el tiempo, miré por la ventana, buscando los pies de Margarita.

—El hermano de Margarita no es mi amigo especial —le dije a mamá, en caso de que estuviera pensando que buscaba los pies de Miguel, a quien no buscaba, porque él no es mi amigo especial.

Mamá siguió restregando y todo lo que dijo fue: "Qué bien", que es lo que los adultos dicen cuando no te están prestando atención.

De repente, con mi increíble vista angular, pude ver que papá le estaba leyendo a mi hermano en la sala.

—¡Para! —grité. Luego salí volando y salté sobre su regazo, y cerré el libro justo a tiempo—. ¡Haba es muy pequeño, papá! —le recordé—. ¡Se asustará con esos zapatos!

—Primero, tu hermano no se llama Haba —dijo papá—. Segundo, ¿cuáles zapatos, Clementina?

Les dije que él no prestaba mucha atención, es muy difícil no reconocer esos zapatos.

—Los puntiagudos que tiene el oso —le susurré—. En la página catorce.

Eso lo sabía porque... bueno, está bien, miro mucho esa página. Algunos días me gusta asustarme. Pero hoy no era uno de esos días.

—Es tan sólo un dibujo, campeona —dijo papá—. No es real. ¿Quieres intentar mirarla conmigo a tu lado?

—¡NO! —grité. Ahora estaba molesta porque esos zapatos puntiagudos estaban en mi cabeza y me iban a preocupar todo el día. Salté de las piernas de papá y corrí hacia la cocina, porque había descubierto que mucha comida era redonda: galletas, pizzas, hamburguesas, rosquillas, bizcochos, manzanas, lo que uno pudiera imaginarse; todo lo bueno es redondo.

Tomé dos tajadas de mortadela y las mordí para hacer un par de lentes; es un truco que inventé y que sólo yo sé y ahora tú también. Dobla una tajada de mortadela por la mitad y luego muerde justo en el medio del pliegue. Hazlo de nuevo. Luego, pégate los círculos sobre los ojos, ¡y tendrás lentes de mortadela! Aquí hay un dibujo de eso:

Y después, como soy tan buena hermana y como, bueno, está bien, todavía tenía hambre, le hice un par de lentes a mi hermano también.

—Toma, Arveja —dije, montándome de nuevo en el regazo de papá pegando el par de lentes en los ojos de mi hermano—. Ponte tus lentes.

Mi hermano comenzó a reír tan fuerte que escupió los wafles del de-

sayuno y mis padres dijeron: "¡Clementina, por favor!", al mismo tiempo, lo que me hace pensar que lo practican por la noche cuando estoy dormida. Pero ellos también se estaban riendo.

Y de repente, era un buen día a pesar del hoyo de mi cabeza.

El sentimiento de un buen día me hizo pensar en todos los malos días que he tenido esta semana, y eso me hizo pensar en Margarita, y luego la mejor idea de todas brotó en mi cabeza.

Como soy tan buena prestando atención, conozco todas las cosas que le gustan a Margarita, entonces corrí por todo mi apartamento recolectándolas:

El collar antipulgas de Lunares, porque Margarita quería mucho a mi vieja gata.

Peperoni, porque esa es el único sabor de pizza que la he visto comer.

Los zapatos rojos que Margarita me hace ponerle a Barbie cada vez que jugamos.

Una pluma azul de urraca de mi colección, porque su color favorito es el azul.

Algunos caramelos, porque ella sopló encima de los míos.

Mi pulsera de dijes, porque siempre hace ojos de que quisiera tener una.

Encaje arrancado de mis medias de fiesta, porque una vez las tomé prestadas de Margarita y olvidé decírselo.

Esmalte rosado brillante, porque ella trató de tomarlo prestado pero yo la atrapé.

Un abejorro muerto, no sé por qué.

El resto del pelo rojo y rizado, porque por él nos metimos en todos estos problemas.

Después saqué el sombrero favorito de mamá, una botella grande de pegamento, y la loción para después de afeitar de papá, porque nos encantaba ponernos chorritos de eso encima porque tiene un aroma celestial.

Pegué y pegué y pegué e hice reguero, mucho reguero; y sonreí. Luego corrí afuera y adivinen a quién me encontré en el ascensor: ¡A Margarita! ¡Sin Agustina!

—Tengo algo para ti —dijimos las dos al mismo tiempo, y nunca lo habíamos practicado antes. Luego le entregué el sombrero y ella me entregó una bolsa. Dentro de ella, había un estuche de pintura brillante recién comprado, sin que nadie se hubiera sentado sobre él .

—Lo compré en el centro comercial —dijo Margarita. Después, sin

que ningún adulto se lo pidiera, me dijo que lamentaba haber sido tan mala conmigo el día de mi cumpleaños.

—Siento lo de tu pelo —dije yo.

—Bueno, está bien —dijimos las dos.

Y estaba bien, por un minuto.

—Tengo que irme —dijo Margarita—. Te veré esta noche.

—Síp, te veré esta noche —dije—. Hmm, ¿qué hay esta noche?

—La fiesta. Tus padres nos invitaron.

—Ah, sí —dije—. Ya lo sabía.

Pero no lo sabía. Oh, oh.

Si mis padres iban a dar una fiesta y yo no sabía nada al respecto, significaba que iba a ser una fiesta sorpresa. Las fiestas sorpresas se hacen cuando hay cumpleaños o despedidas.

Mi cumpleaños ya había pasado.

Capítulo 10

Corrí de vuelta a mi apartamento. Papá y mamá estaban en su habitación.

—Así es, una torta de chocolate con glaseado de vainilla —le estaba diciendo mamá a alguien en el teléfono—. En glaseado rojo debe decir: ¡Adiós y buen viaje!

—Asegúrate de que deletreen bien su nombre —oí decir a papá.

Luego mamá deletreó C-L-E-M-E-N-T-I-N-A y quedó en recoger la torta pronto.

No había mucho tiempo.

—Bueno, supongo que iré a limpiar mi habitación —dije muy fuerte mientras caminaba por la sala. Intenté hacerlo sonar como si estas palabras salieran usualmente de mi boca—. Síp, estaré limpiando como loca toda la tarde.

Papá salió y me miró con los ojos entrecerrados y luego se sentó a leer el periódico. Mamá tan solo me miró fugazmente mientras pasaba para ayudar a mi hermano con su rompecabezas.

—Tal vez, cuando haya terminado, podría limpiar la habitación de Rabanito también —lo intenté—. Y después haré mis tareas. Si necesitan que ayude con algo o que resuelva algún problema como La Gran Batalla de las Palomas, tan sólo vayan a buscarme.

—Bueno, Clementina —dijeron mis padres. Pero esta vez ni siquiera miraron.

Probablemente era muy tarde. En caso de que no lo fuera, saqué la botella con atomizador de limpiador y algunas toallas de papel, porque aunque nunca he limpiado mi habitación, sé que este es el primer paso.

Excepto que no sabía qué hacer después. Quería que mi habitación se viera como la de Margarita, como una fotografía de revista, pero no sabía cómo lograrlo.

El problema era que para mí todo se veía genial.

Por suerte, sabía que a mis padres les encantaría que limpiara.

Saqué todo lo que había en el Hoyo Negro y lo puse en una montaña encima de mi cama, ¡y no creerán la cantidad de cosas que salieron de ahí!

Cuatro zapatos, tres cepillos y demasiadas pinzas del pelo para contar. Medias, una barra de malvavisco tostada, y el sombrero del Monopolio que se había perdido hace dos años. La nariz del Señor Cara de Papa, tres libros de la biblioteca, la reseña del libro que era para el lunes ante-

rior, y las frases sobre el planeta Saturno que eran para el viernes. Más medias, una máscara de Halloween, la falda que había dicho que había perdido, dos linternas, un mitón. Un trapezoide verde de plástico, un globo de cristal de "Vacaciones en los Everglades", la mitad de un botón, el ratón de caucho favorito de Lunares, el video de yoga de mamá y las pinzas de papá; cuarenta y cinco centavos, más medias.

Apilé todas las cosas en mi cama, y aunque se veían perfectas para mí, comencé a limpiarlas. Salpiqué todo con mucho limpiador y lo froté muy fuerte con toallas de papel.

Salpiqué y froté durante toda la tarde. Ya estaba oscuro afuera. Pero nada estaba limpio. Todo estaba mojado y cubierto con trozos de toalla de papel mojada. De repente, mis ojos estaban llorando y no paraban.

En ese momento entraron mis padres.

—Tengo un poco de limpiador en los ojos —les dije—. Voy bien en la limpieza de mi habitación.

Pero ellos no creyeron eso.

—Bueno, está bien —dije, limpiándome las lágrimas para ver lo molestos que estaban conmigo—. L-O S-I-E-N-T-O, ¡lo siento! ¡Ya no seré más así!

—¿Así cómo, Clementina? —preguntó mamá—. ¿De qué estás hablando?

—Como no les gusta —dije—. No hablaré tanto y limpiaré mi habitación de verdad y "pensaré en las consecuencias" antes de hacer las cosas, porque de todas maneras nunca volveré a hacer cosas y nunca perderé mi tarea porque nunca volveré a perder nada y me sentaré tan quieta que se preguntarán: "Oye, ¿es esa Clementina o sólo una estatua de ella?" y nunca volveré a traer una nota a la casa que diga: "Clementina tuvo un día difícil hoy en la escuela" y traeré muchas notas que digan: "¡Vaya, Clementina realmente presta atención en la escuela!", y la parte de abajo mi cama se verá como la parte de abajo de una cama de alguien normal y mis manos siempre estarán donde deben estar y tomaré clases de piano de nuevo, pero esta vez me sentaré en la banca todo el tiempo y…

Y se me acabó el aire. Tomé una gran bocanada.

—No seré más como yo, y seré la hija fácil también, tan fácil como Apio. Entonces no tendrán que deshacerse de mí. Sé eso porque los oí diciendo: "Sólo necesitamos uno" y luego los oí ordenando una torta que dijera: "¡Adiós y buen viaje, Clementina!".

Mis padres corrieron hacia mí y me abrazaron al mismo tiempo, un abrazo de emparedado. Luego, me

tomaron de las manos y me llevaron hacia el comedor.

Allí estaban Margarita y su madre, y Miguel con mi hermano en los hombros; todos mirándome. Me restregué la cara para asegurarme que no tuviera lágrimas, aunque en realidad no me importaba lo que pensara Miguel porque él no es mi novio.

Mi hermano gritó: "¡Presa!" y todos los demás gritaron: "¡Sorpresa!" y se movieron para que pudiera ver la mesa del comedor.

Y en ella estaba la torta, está bien. Pero no decía: "Adiós y buen viaje, Clementina", sino: "¡Adiós y buen viaje!" encima de cientos de palomas glaseadas, y debajo de eso decía: "Gracias, Clementina. ¡Heroína de la Gran Batalla de las Palomas!"

Oh.

—Bueno, ¿y qué me dicen del "Sólo necesitamos uno"? —pregunté—. ¿Qué era eso?

Mamá y papá se rieron a carcajadas.

—Espera aquí, campeona —dijo papá. Fue al corredor y regresó con una caja grande—. Ábrela.

Entonces la abrí. ¿Y saben qué había dentro de ella?

¡Un gatito! No estoy diciendo mentiras.

—Tan sólo quedaba uno —dijo papá—. Y les dijimos: "Solo necesitamos uno".

Saqué al gatito de la caja y lo llevé al baño para darle un nombre. En ese instante encontré la palabra más exquisita de todas. Lo levanté hasta la altura de mis mejillas y le dije su nombre. Él comenzó a ronronear, lo que llenó un espacio en mis oídos

que había estado vacío desde que Lunares murió.

Cuando salí, vi que Margarita quería tocar el gatito y también vi que les decía a sus manos que no dijeran nada porque era mío y era nuevo.

Quería decir: "La regla es no tocar mi gatito, porque esa es la regla", pero no lo hice. En lugar de eso, mi boca se abrió y dijo:

—¿Quieres consentir a Humectante, Margarita?

Lo que fue una gran sorpresa, déjenme decirles.

—Sabemos que no es igual que tener a Lunares, pero… —comenzó a decir mamá.

—Es diferente —dijo papá.

—Lo sé —les dije—. Es perfecto. Luego miré hacia arriba y vi que todo lo demás también era perfecto: mamá en su overol, papá el comediante, mi hermano que no tuvo un nombre de fruta, Margarita con su sombrero de Margarita, Miguel cortando la torta de la heroína Clementina, mi no apartamento de revista. Entonces, cuando la mamá de Margarita vino hacia a mí y me dijo: "Mañana, después de la escuela las llevaré a mi peluquería para que les arreglen esos cortes", yo casi digo: "¡No, gracias!", porque no quería cambiar absolutamente nada.

Pero ella estaba sonriéndome y eso era perfecto también, entonces yo sonreí de vuelta y dije: ¡Genial!

Y luego pasé los platos con la torta y fui extremadamente educada

porque les serví primero a todos una
tajada, y al final yo tomé una.
   Bueno, dos, está bien.